내 사랑을 찾아가는 길

내 사랑을 찾아가는 길

초판 1쇄   2007년 5월 10일
지은이   용혜원
펴낸이   김영재
펴낸곳   책만드는집

주소   서울 마포구 합정동 428-49 4층 (121-886)
전화   3142-1585·6
팩시밀리   336-8908
전자우편   chaekjip@chol.com
등록   1994년 1월 13일 제10-927호
ⓒ 용혜원, 2007

ISBN 978-89-7944-262-5 (03810)

내 사랑을
찾아가는 길

용
혜
원
 시
집

책만드는집

그리움 하나만으로…

첫 번 째 이 야 기
그리움이 익어갈 때마다…

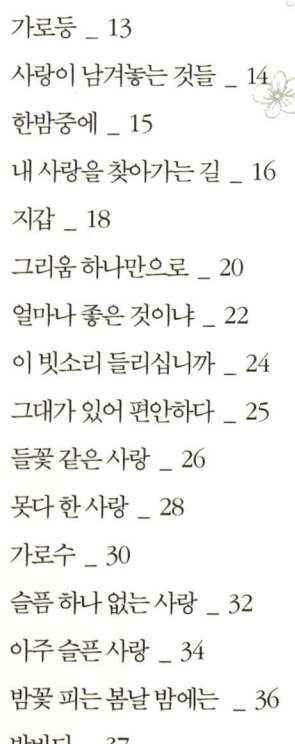

두 번 째 이 야 기
남아있는 모든것은…

세 번 째 이 야 기

꿈인 듯 그리움인 듯…

네 번 째 이 야 기

흘러가는 시간 속에…

첫 번 째 이 야 기

그리움이 익어갈 때마다…

가로등

그리움이
얼마나 사무쳤으면
눈동자만 남았을까

사랑이 남겨놓는 것들

사랑이 남겨놓는 것들은
언제 꺼내보아도 좋을
아름다운 추억이 된다

같이 있었던 것들이 그립고
함께 거닐었던 곳이 정겹고
둘이 나누었던 이야기가
늘 내 가슴 한복판에
지울 수 없는 흔적으로 남아 있다

사랑은 외로움과 고독을 풀어주고
낭만과 그리움을 남겨놓는다

가슴 깊이 파고드는 사랑은
영원히 지울 수 없고
잊을 수 없는 추억을 남겨놓는다

추억은 언제나 마음을 알아주는
언제나 뛰어들어도 좋을
가장 아름다운 들판이다

한밤중에

한밤중에
그대 모습이
눈앞에 아른거려
외로움만 방 안에 가득하다

미치도록 보고 싶어
문을 박차고 나갔더니
그대는 보이지 않고
사랑의 흔적도 사라져버렸다

하얀 달만
어둠 속에서도
그대 얼굴인 양
나를 바라보며 웃고 있다

내 사랑을 찾아가는 길

내 마음을 알까 봐
내 마음을 들킬까 봐

설마 설마 했더니
그리움이 자꾸만 돋아나
속살까지 파고드는
정 탓에 눈물 난다

가슴 아리도록 보고 싶어
목줄기마저 뜨거워질 때면
그리움이 툭 터져버려
견딜 수 없도록 몸살 나면
모든 것 다 버리고 달려가고 싶다

그리움이 익어갈 때마다
멀리 떨어져 외줄 매달리듯
쓸쓸하게 만드는
앙다문 입술을 가진 네가 얄미웠다

고독이 익어갈 때마다

조각난 설움 다 털어내고
마음을 마음껏 부풀려도 좋을
내 사랑을 찾아가는 길을 만나
아주 기분 좋게 사랑하고 싶다

지갑

그대는 내가 사주는
지갑만을
가슴에 지니고 다니세요

그대의 심장 소리를
느낄 수 있는 사람은
이 세상에 나뿐입니다

그리움 하나만으로

절망의 깊이만큼 늘 가슴에 돋아나는
그리움 하나만 가지고
외롭게 살아갈 수 없다

내 마음의 동공을 열어
너의 눈빛을 보고 있으면
흘러가는 시간이 안타깝다

비우려 하지 않아도
자꾸만 텅 비어버리는 마음
슬픔만 살아나 기웃거림 없이
사랑에 푹 빠지고 싶다

너에게로 가고픈 나의 몸짓은
늘 서툰 날갯짓으로
끝나고 말았다

외롭고 외로워서
예고도 없이 찾아오는 고독을 이유로
그리움 하나만으로도

마음과 마음을 잇대고 싶어지면
너를 만날 이유가 된다

얼마나 좋은 것이냐

네가 보고 싶어
얼마나 많은 눈물을 흘렸는데
꿈속에서조차 볼 수 없던 너를
눈앞에 두고 만날 수 있다니
얼마나 좋은 것이냐

허울만 좋은 삶보다
때로는 고통 속에서도
서로를 순수하게 읽어갈 수 있다면
얼마나 행복한 삶이냐

결코 길지 않은 삶
빠르게 흘러가는 세월 속에서 너를 만남은
내 운명을 통째로 바꾸어놓는
가슴 벅차고 놀라운 일이다

가장 표현하기 어려운 것이
진실한 사랑이라지만
가장 순수한 것이 사랑이다

욕심이 섞이면 불행이 시작되지만
우리 사랑이 진실해
꽃을 피워 향기를 발한다면
얼마나 좋은 것이냐

이 빗소리 들리십니까

이 빗소리가 들리십니까
내 가슴에 쏟아져 내리는
이 빗소리가 들리십니까

비가 내리는 날은
그대의 목소리가
그대의 웃음소리가 가까이 들립니다

비가 내리는 날은
그대 생각에 미치도록
그리움이란 병을 앓습니다

우리의 삶도 결국에는
빗물처럼 흘러가 버릴 텐데
가 닿을 수 없어 아쉬워하며 산다는 것이
너무나 안타까워 가슴이 아픕니다

비가 내리는 날은
온 땅에 마음껏 젖어드는 비처럼
마음껏 사랑하고 싶습니다

그대가 있어 편안하다

세월이 가고 또 가도
지우면 지울수록 겹겹이 겹쳐서
선명하게 다가오는 그대

늘 마음 한 곳이 비어 있어
모든 것이 날아간 듯 허전했는데
내 마음속에 불쑥 찾아온
그대가 있어 행복하다

야속하게 흘러만 가는 세월이
응어리진 가슴에 뚫어놓은 구멍이 커져
헛살아온 것만 같았는데
내 마음을 이해해주는
그대가 있어 편안하다

쓸쓸하기만 한 세상살이
외로움에 울고 싶을 때
사랑을 알게 해주는
그대 곁에서 오래도록 쉬고 싶다

들꽃 같은 사랑

그대와 같이 있으면
사랑이란 말을 보란 듯이 내걸지 않아도
사랑한다는 것을 알 수 있다

강물이 흘러가듯
말없이 바라만 보고 있어도
마음이 행복하다

그대를 만나면
자주 웃게 되는 이유는
가슴 벅차도록 행복하기에
산다는 의미가 새롭기에

들풀처럼 살다가
들꽃 같은 사랑을 하여도
마음껏 향기를 발할 수 있다면
아무런 후회도 없다

오랜 시간이 흘러가도
더 친근하고 따뜻하게 다가오는

사랑의 말이 하나도 지워지지 않고
내 가슴에 고스란히 남아 있다

내 마음을 다 표현할 수 없지만
설혹 피 말리는
아픔과 시련이 다가올지라도
그대만을 사랑하고 싶다

못다 한 사랑

맑은 하늘에 구름 한 점 떠나가다
빗방울 뿌리듯이
문득 생각나 그리워졌다면
다가오지도 말고 그대로 떠나가라

가슴을 애태우던 세월도
너무나 오래되어 지치고 지쳐
꽉 찬 외로움도 다 사라져버려
그리움조차 남아 있지 않다

늘 이별 준비가 되어 있던
너를 바라보며
수없이 원망도 했다

잊어야 하고 잊혀야 하는
한순간의 사랑이었다면
다시는 돌아오지 않아도 좋을
추억은 아직 남아 있다

결별을 끝으로 떠난 후에도

내 곁에 머물 수 없어

늘 서성거리는 너를 보면서

근심 어린 눈빛을 띄워야 했다

못다 한 사랑이라고 슬퍼하지는 않는다

떠나간 사랑은 언제나

그리움 한 자락으로 남아 미완성으로 끝난다

가로수

누구를 얼마나 사랑했기에
죽을 때까지
제자리에서 서서
기다리다 쓰러지는가

슬픔 하나 없는 사랑

내 마음의 첫 장을 넘기면
언제나 네가 있다

한 번 불어왔다가 떠나고 마는
바람 같은 사랑이라지만
마음속을 맴도는 그리움을 어쩔 수 없다

마음과 마음을 조율해주고 싶어
가까워지기를 그토록 원했지만
왜 떠나가야 할까

사랑이란 말로 숨겨둔 욕망에
너무 쉽게 무너져 내린다면
순수하기만을 바랐던 마음이 너무 슬프다

내가 알고 싶은 것은
진실한 사랑이었기에
너의 마음속에서 자맥질하고 싶다

내 마음을 짓밟고 떠난 너

세월이 흘러가면 잊히겠지 하면서도
내 마음에서 떠나지 않는
너를 지울 수가 없다

그리움을 거슬러 올라가
내 마음을 갈아 끼워가며
아픔을 다독거려가며
슬픔 하나 없는 사랑을 하고 싶다

아주 슬픈 사랑

아주 슬픈 사랑일지라도
가슴이 울렁이도록 좋았다면
오랫동안 가슴에 남겨놓아
아물다가 터지더라도 행복하다

우연히 아주 우연히
아무도 모르게 사랑에 빠졌어도
텅 빈 가슴이 충만하게 채워졌다면
아무런 후회는 없다

목울대까지 차오르는 슬픔 속에
애달프게 그리워하며 바라던 사랑이
한순간에 불타버렸다 해도
가쁜 숨 몰아쉬고 사랑해도 좋다

한순간일지라도 눈물이 핑 돌 정도로
쑥쑥 자라나는 사랑을
마음껏 펼쳐보았다면
얼마나 아름다운 사랑인가

이마를 마주 대고 있어도 좋다면
감내할 수 없는 아픔이 올지라도
언제나 간직해도 좋을 고운 사랑이라면
아주 슬픈 사랑일지라도 빠져 들겠다

밤꽃 피는 봄날 밤에는

밤꽃 피는 봄날 밤에는
내 몸에 피가 끓고 부풀어 올라
뭔가 빠져나간 듯한 허전함을 채우고 싶어
온몸을 마구 굴리고 싶다

살갑게 흘러 들어오는
쾌감을 느끼고 싶어
헐떡거리며 숨이 콱 막히도록
허물어뜨리고 헝클어버리고 싶다

입술에 입술을 비비고
몸에 몸을 비비며
펄펄 끓는 몸을 더 달구어
숨이 턱 아래까지 차오르도록 엉키고 싶다

밤꽃 향기에 젖어
욕망을 다 풀어내어 껴안고 엉켜
뜨겁고 가쁜 숨결을 몰아쉬며
가장 깊은 곳에서 그윽하고 달콤한 사랑을
몸 푼 듯이 마음껏 즐기고 싶다

밤바다

밤새도록
파도가 칠 때마다
어둠을 한 움큼씩 한 움큼씩 물고
달아나기에
새벽이 오는구나

두 번 째 이 야 기

남아 있는 모든 것은…

환청

거리를 걷다가
나를 부르는 소리가 들려
사방을 둘러보았다

거리에는 모두 다
모르는 사람들뿐
그대는 보이지 않는다

살다 보면 가슴 설레는 일이 있다

살다 보면 가슴이 설레는 일이 있다

흔하디흔하고
뻔하디뻔한 세상살이일지라도
절로 신명이 나는 일이 있다

아주 작은 일에도, 아주 사소한 일에도
가슴이 뭉클해지고 콧날이 시큰해져서
손을 따뜻하게 잡고
힘 있게 어깨를 두드려줄 수 있는
가슴이 뻥 뚫리는 행복한 일이 있다

다른 사람들은
별스럽지 않다 해도
날개라도 단 듯이 마음이 가볍고
뛰는 가슴 잠재울 수 없도록
기분이 좋고 감동이 되는 일이 있다

삶이 그저 그렇고 재미가 없다가도
한순간 답답한 가슴이 탁 트이고

얽히고설켜 사는 정이 좋아서
만나면 반가운 사람들이 좋아서
다 그런 맛에 살아간다
다 그런 재미로 살아간다

네가 떠나간 길은

네가 떠나간 길은
내가 갈 수 없는 길이 되었다

그리운 만큼 그리 멀지 않은 곳에서
뜬소문이라도 들려오면
신경이 날카롭게 곤두서고
가슴팍이 시리도록 아팠다

연분조차 부여잡지 못하고
떠나보내야 하는 서러움에
울며 뒹굴어도 소용이 없어
웃음마저 빼앗아 가버렸다

가만히 생각하면
바로 어제 일만 같은데
모든 것을 되돌려놓을 수 없어
슬픔을 더 부추기기만 했다

모든 것을 놓쳐버린 후

설움만 깨물고 있다

상처가 아물 때쯤이면

끊으려 해도 끊어지지 않고

그리움이 속수무책으로 끓어오르는데

떠나간 빈 발자국이 불행만 남겨놓았다

슬픈 상처

생각하면
눈물 나도록 행복하게 살아도
짧은 삶이다

고독을 깊이 눌러쓰고 있으면
내 마음 갈피갈피 사이로
그리움이 몰려오는 것은
이룰 수 없는 사랑이기 때문이다

속 썩여 짓무르고 터져서
슬픔인 듯 아픔인 듯 가슴 저리도록
안타깝게 살아도 짧은 삶이다

미련을 펼쳐놓고 있으면
즐거움 속에 괴로움도 남아 있어
얼룩진 슬픈 상처가 너무 크다

고독에 빠질 때

마음이 마구 흔들리는 가을에는
계절병이 드는지
독한 고독에 빠질 때가 있다

일상의 지루함이 반복되면
산다는 의미를 찾고 싶어
떠날 곳도 정해놓지 않고
무작정 떠나고 싶은 방황이 시작된다

고독이 휘몰아쳐 오면
마음이 불안정하고 혼돈되어
무엇부터 먼저 해야 할지
갈피를 잡을 수가 없다

피곤이 가슴을 조여오면
감정이 뒤죽박죽되고
갈피를 잡을 수 없어
절망에 빠진다

단풍으로 물들고 싶은 가을에는

어디선가 나를 부르는 것만 같아

어디론가 도망이라도 치고 싶은

마음이 황량하다

떠나가도 남은 자리에

떠나가도 남은 자리가
다 낡아버릴 때까지
기억해도 좋을
추억은 남아 있어야 한다

어쩔 수 없이
인연의 끈을 놓더라도
따뜻한 여운이 남아 있어야 한다

외롭게 고독에 걸터앉아
가슴이 찢어지도록 아플지라도
기억해도 좋을 사랑이 남아 있다면
서러워도 견딜 수 있다

단 한 번의 헤어짐으로
아무런 상관이 없는
모르는 사람처럼 되어버렸다

아무것도 부려놓지 않고 떠나버리면
그리움에 그리움을 더해도

쓸쓸한 뒷모습과 함께 잊히고 말 텐데

남아 있는 모든 것은

흘러가는 세월 속에 지워진다

너를 다시 만나기 위해

너는 아주 독하다
떠나던 그날 이후
토막토막 끊어져 아무런 소식이 없다

아무리 손을 뻗어도
손끝만 떨리고 가 닿을 수 없는
설움 탓에 가슴에 피멍이 들었다

궁금증은 늘
늦여름 갈증처럼 타오르는데
너는 손 내밀어도 잡을 수 없는 곳에 있다

네가 떠난 후
모든 것이 벽처럼 보이고
허탈감에 빠져버려 아무런 의욕도 없어
온 세상이 하얗게 탈색되어 보인다

어느 날 우리가 나눈 말이
심장을 뜨겁게 만들었다
네가 나를 얼마나 사랑하는지를

가슴 아파하며 떠났는지를 알았다

뜬소문조차 사라져버렸지만
너를 다시 사랑하기 위해
나는 희망을 갖는다
나는 지치지 않고 기다리고 있다

너를 사랑할 수 없다

가슴이 무너지고
끝이 뻔하게 보이고
모든 것이 무너져 내리는 것을 알면서
너를 사랑할 수 없다

너에게 덜컥 덜미를 잡혔지만
내 삶의 둘레를 벗어나
죄악이 목 조르게 만드는 것은
두려움뿐이다

모든 것이 제자리를 떠나면
무너져 내리듯
사랑도 제자리를 떠나면
늘 서성거리다 끝날 뿐이니
내 마음을 흩뜨려놓지 마라

건져낼 수 없는 수렁에 빠져
끝없는 자책과 후회 속에
원망과 독기가 뻗어오기 전에
가 닿을 수 없는 허기진 사랑이라면

무모한 근심에 피눈물 고이기 전에 떠나야 한다

너를 만나 사랑을 새롭게 알았지만
너를 사랑할 수 없다
손 놓고 헤어진 사람들은
또 다른 사랑을 시작한다

그럴듯한 사랑

사람들은
늘 가슴 한쪽에
텅 빈 듯한 아쉬움이 남아 있어
사랑을 손에 꼭 쥐고 싶어 속 태우며 살아간다

사람들은 누구나
영화 속에서나
소설 속에서 나올 법한
그럴듯한 사랑을 한 번쯤은 하고 싶어한다

온몸이 불타오르도록 으스러지도록 안고 나면
정말 아름다울까
후회하게 되면 어떡할까
아무런 의미가 없으면 어떡할까 걱정부터 한다

만나는 사람들마다
수많은 말 속에
찾아 헤매는 수많은 사랑을 이야기하지만
정작 꿈을 꾼 듯한
멋진 사랑을 했다는 사람도

도망치다 붙잡힌 사람처럼 불안하다

모두 다 삶에 시달리며
힘들게 하루하루를 살아가기에
늘 가슴속에 그려놓은
멋지고 그럴듯한 사랑을 하고 싶은
꿈 하나 품고 살아간다

사랑의 가시

허무의 깊이만큼
피 울음을 울고
떠난 사랑에 두 눈 부릅뜨도록
가슴앓이를 해본 사람만이
참사랑을 할 수 있다

바람에 흔들리는 촛불처럼
마음이 통째로 흔들려
거짓 사랑에 농락당하고
욕망의 덫에 걸려본 사람이
사랑의 소중함을 더 잘 안다

죽을 수도 없고 살 수도 없는
사랑의 가시에
심장을 깊숙이 찔려본 사람만이
참사랑의 진실을 안다

온몸에 비를 맞던 날

고독에 뼈마디마저 긁혀서
슬픔이 마구 몰려오고
서러운 생각이 가득해질 때면
온몸에 비를 다 맞고 걷고 싶다

쏟아지는 빗물이 내 눈에서 흐르는
피눈물처럼 느껴지는 날은
온 세상이 젖도록 쏟아져 내리는
비를 흠뻑 맞으며 한없이 걸어도 좋다

내 마음을 갈라놓은 원망 때문에
가슴 아파 참기 어려운 날은
빗물에 몸을 부딪치며 걸으면
아픔이 다 씻겨 내려간 듯 시원하다

하늘에 구멍이라도 난 듯이
쏟아져 내리는 비를
온몸에 맞고 걸으면
마음이 한결 편안해진다

삶의 기쁨

이 세상에는
아주 작은 행복이
너무나 많다

너무나 작아
눈에 보이지 않고
손에 잡히지도 않는다

그 작은 조각들을 붙여가며
큰 행복으로 만들어가는 것이
크나큰 기쁨이다

그리움이 비처럼 쏟아진다

그대가 내 마음에 남겨놓은
사랑의 말이
그리움이 되어 비처럼 쏟아진다

벗을 수도 입을 수도 없는
그리움이 가슴을 저며 들어와
온몸을 고름 짜듯 처절하게 괴롭힌다

아무리 꼭 안아도 꼭 안아도
홀로 남는다면
가슴을 으깨어놓는 고독을
어떻게 감당해야 하는가

다정하게 주고받았던
말조차 싸늘해져
가슴의 피까지 차갑게 만든다

늘 허기진 사랑에 시달리며
아무리 사랑해도 아픔이 된다면
그 허무와 절망을 어찌해야 하는가

네 마음을 단 한 번만이라도

콕 찍어볼 수 있다면

후회는 없을 것이다

고독이 파고드는 가을

외로움을 타는 가을에
낙엽이 쌓인 길을 걸으니
고독이 더 선명하게 드러난다

가을이면 나뭇잎들이
단풍 들어 떨어지는 것을
아무도 막을 수 없다

낙엽이 남아 있는 가을은
적적하지만은 않다

단풍을 만나러 오라
낙엽을 밟으러 오라는
소리가 곳곳에서 들린다

고독이 파고드는 가을엔
옷을 다 벗어버려
알몸이 되어버린 나무들이
내 모습인 양 쓸쓸해 보인다

외면

그날을 잊지 못한다
너의 눈빛
너의 목소리에는
싸늘함과 차가움만 있었다

한때는
너를 기억할 수 있는 것만으로도
행복했지만
외면을 당했을 때
세상으로부터 버림을 받은 듯 괴로웠다

너를 내 마음속에서
내 머릿속에서
다 지워버리고 싶다

그리움만 슬쩍 남겨놓고 떠난 자리가
왜 이렇게 허전한가
왜 이렇게 애달픈가
사랑이 머물던 공간보다
더 큰 공허함만 남는다

꿈인 듯 그리움인 듯…

민들레

봄날
민들레가
홀씨가 되어 온 들판으로
훨훨 날아가며 춤을 춘다

민들레가
바람이 단단히 났다
내년 봄까지
돌아오지 않을 것이다

홀로 살아야 한다는 것은

홀로 살아야 한다는 것은
가장 비극적인 절망이다

등 돌리고 떠나가 버려
홀로 남아 있는 것은
고독이 아니라 버려진 삶이다

힘에 부치고 버거운 삶
이 앙다물고 견디고 있는데
하찮은 위로의 말 더는 하지 마라

수없는 말로 변명해도
수없는 말로 이유 대도
아무런 소용이 없다

쏟아지는 눈물조차 보이기 싫어
가슴 안에 쏟으며 참고 있는데
숨겨놓았던 한스런 고통마저
다 터져버리면
피맺힌 서러움을 아무도 막을 수 없다

떠난 자보다 남아 있는 자는
가슴에 슬픔이 살아남아
핏줄마다 드러나는 고독을 느끼며
처절하게 살아야 한다

다 잊어버려라 1

다 잊어버려라
몰랐던 듯이 다 잊어버려라

붙잡을 수 없는 헛된 기억 속에
몸부림치는 안타까움에서 벗어나
훨훨 날아다니듯 자유롭게 살아라

멀어졌는데 떠나가 버렸는데
무슨 아쉬움에 무슨 미련에
이룰 수 없는 인연의 끈을 붙잡고
안타까워하는가

꿈만 같았던 순간도
하나도 남김없이 훌훌 벗어던지고
행복인 줄 알았던 순간도
몰랐던 듯이 잊어버려라

한 줌의 흙으로 남을 삶
남아 있는 시간을
더 아름답게 더 행복하게 살아가라

다 잊어버려라 2

다 잊어버려라
모두 다 싹 지워버려라

마음속에 남겨두어서는
안 될 일이 있다면
조금이라도 더 불행해지기 전에
하나도 남김없이 지워버려야 한다

과거에 얽매여 속속들이 썩어가며
가슴 아파하며 살기보다는
다 던져버리고 깨끗이 잊고 살아야 한다

행복하게 살아도 짧기만 한 세월인데
이루어질 수 없는 일에
시간을 흘려보내고 하염없이 눈물짓는
어리석은 짓은 하지 말아야 한다

먼 훗날 뒤돌아봐도
추억으로만 남아 있도록
다 잊어버려야 한다

추억으로 남은 사랑

나 혼자 좋아서 폴짝폴짝 뛰었는데
떠난다는 말조차 없이 떠나는 너를
무엇이라 말하겠는가

불 지를 것만 같아
불타오를 것만 같아
겁이 나서 힐끔거리며
다가오지도 못하면서
마음을 다 줄 듯 표정 짓지 마라

사랑했던 마음마저 사라지고
창백한 얼굴에 정마저 사라져
떠나는 너를 잊어야 한다

서로의 필요에 의해서 만나고
서로를 알지도 믿지도 못하고
서로 기댈 수 없어서 떠나는 것이다

너의 차가운 시선을 바라보며
눈물 한 방울 흘리지 않았다

흘러가는 시간 속에 모든 것이
짬짬이 켕기는 추억으로 남았다

준비라도 한 듯이
한순간 떠나가 버려
이별이 시작된 줄도 몰랐다

발자국

발자국
발자국들
세상에는 수많은 발자국이 있다

나를 찾아온 발자국 많지만
그들이 모두 다
나를 사랑하는 발자국은 아니었다

내 주위에서 바라보고,
기웃거리고, 서성거리다가
머물지 못하고 뒤돌아서 버리는
발자국도 수없이 많았다

발자국
발자국들
나를 찾아온
수많은 발자국 소리를 들었다

만나고 헤어지는 발자국이 많았지만
내 곁에 머물러주고

나를 지켜주고 사랑해주는

발자국은 단 하나

내가 사랑하는 사람의 발자국이었다

기다림

만남에
이유를 만들어 붙이고
쓸데없는 핑계를 둘러대고
변명만 일삼는다면
그 만남이 얼마나 초라한가

사랑한다면
가혹한 시련이 닥쳐와
옴짝달싹 못할 지경이 올지라도
견디고 기다려줘야
만남이 이루어진다

기다림은
꼭 만나야 할 사람을
기대감과 호기심이 가득한 마음으로
기다리는 즐거운 시간이다

바다가 보고 싶었습니다

푸른 파도가 출렁이는
바다가 보고 싶었습니다

늘 고정되어 있는 듯한 삶이 힘겨워
거침없이 밀려오는 파도를
한없이 바라보고 싶었습니다

바다를 바라보면
내 가슴을 후려칠 듯이 휘몰아치는 파도에
인정사정없이 억눌려 살아가야 하기에
꽉 닫혀버려 답답하기만 했던
내 마음이 활짝 열릴 것만 같았습니다

수평선 넘어
꿈인 듯 그리움인 듯
내가 원하던 것이 솟아오를 것만 같아
바다가 보고 싶었습니다

견딜 수 없이 밀려오는
그리움을 어찌할 수가 없어

한없이 바닷가를 걷고 싶은 마음에
마구 달려와 바다를 보고 있습니다

너를 내 생각 속에서 지우고 싶다

너를 내 생각 속에서 지우고 싶다
너를 알고 지낸 세월이 얼만데
왜 지금은 전혀 몰랐던 사람처럼
차갑고 냉정하게 대하는가

너 없이도 잘 살아왔는데
보고 싶다 말하고
사랑한다고 말하더니
마음만 바싹바싹 태우고 떠나는가

만나지 않았던 것처럼 잊고 싶다
뜬구름 잡듯이
잊을 만하면 다가오지 마라
연락도 하지 말고 가라

그냥 이렇게 살고 싶다
다시는 아는 척하지 마라
지금처럼 살아가는 것이 행복하다

어느 날 갑자기 외로움이 몰려온다고

만나자고 말하지 마라
보고 싶다고 말하지 마라
너를 보고 나면 나는
한동안 미친 듯이 살아야 한다

우연히 스쳐 지나간 사람처럼
전혀 몰랐던 사람처럼
내 우울한 가슴속에서 지워지도록
아주 멀리 떠나가라

너를 보내고 울어버린 날

싸늘하게 차가운 손을 내밀고
떠난 너를 보내고 울어버린 날
가슴이 시리도록 외로웠다

안타깝게 꾸겨져 버린 사랑이라지만
미련 하나 없는지
시침을 떼고 뒤돌아서서
한 번도 돌아보지 않았다

정에 굶주려 가슴이 시리지만
질기디질긴 그리움의 끈이 다 풀릴 때까지
목마른 길에 서서
서서히 풀어버리고 싶다

앙칼지게 톡 쏘아대던 눈빛에
꿈마저 깡그리 뭉개져 버려
관심이 떠난 곳에 무관심 남아 있어
아름다웠던 시간마저 토하고 싶었다

외면하기 위하여 짜 맞춰놓은

이별의 공명이 심상치 않아
가슴이 너무나 아파
그렁그렁 눈물만 난다

허공에 꽂히는 그리움에
아픔만 더하는데
먼지처럼 쌓여 있는
미움의 때를 씻어버리고 싶다

허물어진 사랑의 파편들이
끈끈하게 달라붙어 올 때면
나는 목 놓아 울 것이다
나도 발을 헛디뎌
마음의 방향조차 잃어버렸다

숲 속의 아침

숲 속의 아침은
생명력으로 가득하다

별들의 노래가 떠나가고
새들의 노래가 시작되면
초록의 노래도 함께 시작된다

흐르는 물소리는
마음을 상쾌하게 하고
불어오는 바람은
온몸에 새롭게 피 돌게 한다

나무와 나무 사이로 쏟아지는
찬란한 아침 햇살이
가슴에 희망을 가득 안겨준다

숲은 언제나 그 자리에서
계절마다 자신만의
독특한 아름다움을 만들어낸다

우리 다시는 마주치지 말자

우리 다시는 마주치지 말자
사랑이라고 말하던
모든 것이 다 거짓인데
무슨 미련이 있겠는가

어쩌면 우리는 만나지 말아야 할 사람들이었다
위장한 듯 깔깔거리며 웃고
공허한 말과 몸짓으로
사랑이라 표현했지만
마음에 상처만 남았을 뿐이다

우리 다시는 마주치지 말자
행복하다고 말했던 순간이
모두 다 꾸며진 연극이고 가식이라
속내조차 알 수 없으니
마음이 복잡하고 혼란스럽다

우리는 만난 적이 없는 사람들처럼
몰랐던 사람들처럼
떠나가야 한다

너를 사랑하던 마음이

다 지워지고 뭉그러질 때까지

어떤 미련도 어떤 흔적도

남기고 싶지 않다

비가 그리운 날

비가 그리운 날은
창문을 열고
하늘을 바라본다

가슴이 옥죄이고
숨쉬기조차 답답한 날은
비가 기다려진다

소나기라도 한줄기 시원하게 쏟아져 내려
마음에 찌든 때도 싹 씻어주고
구름마저 달아나 버리면
상쾌해지고 홀가분할 것만 같다

푸석푸석 먼지가 나도록
말라버린 마음에 비가 내려
촉촉하게 적셔주어야 한다

비가 쏟아져 내려
땅바닥에 부딪쳐 튕기고
빗방울이 깨지는 소리를 들으면

무거웠던 삶의 짐이
한결 가벼워질 것

혼자 서럽다 울지 마라

혼자 서럽다 울지 마라
너만 서러운 듯 눈물을 쏟아내지 마라
이 세상에 서러움 없는 사람이
어디 있느냐

너도 너만큼의 행복은 누리고 사는데
부족함만 탓하면 무슨 소용이냐
태양이 떠올라도
어둠은 늘 한구석에 남아 있다

혼자 서럽다 울지 마라
혼자만 불행한 듯 떠들어대지 마라
이 세상에 고통 없는 사람이
어디 있느냐

너도 웃을 만큼의 기쁨은 있는데
허전함만 들춰내면 무슨 소용이냐
둘러보고 살펴봐라
행복한 사람들도
마음 한구석에 슬픔을 숨겨두고 산다

살아 있는 것은

살아 있는 것은
모두 다 행동한다

분수처럼 솟구쳐라
폭포처럼 쏟아져라
강처럼 흘러내려라
바다처럼 파도쳐라

살아 있는 것은
모두 다 변화한다

씨앗처럼 싹을 내라
구름처럼 비를 내려라
나무처럼 꽃을 피워라
태양처럼 빛을 발해라

흘러가는 시간 속에…

이정표

너는
나의 가는 길을
가르쳐주지만
나는
죽음의 날을 모르기 때문에
살아간다

산책 1

산책을 하며 천천히 걸으면
제자리에 있는 것들을 스쳐 지나가듯
바라보는 즐거움이 있다

녹색의 나무와 제철을 맞아 피어나는 꽃
작은 풀과 넓은 호수
그리고 만나는 사람들이 모두 다 정겹다

늘 쫓기던 일상에서 잠시 떠나
한가롭게 걷는다는 것은
삶 속에 여유를 만드는 것이다

힘들고 어려운 일 속에 길들어지고
훈련되어야 견딜 수 있는 것에서 잠시 떠나
꽉 막혀 있던 마음을 활짝 열고
자유로움을 느낀다는 것은
행복과 만나는 것이다

산책은
일상의 반복 속에서 잃어버렸던

자신을 바라보고

자연을 만날 수 있는

큰 즐거움을 만드는 시간이며

긴장된 마음과 육체를 풀어주는

적절한 운동이다

산책 2

산책을 하는 것은
마음을 편안하게 갖고 살아가는 법을
터득하는 것이다

늘 어깨를 무겁게 짓누르는 무거움과
긴장과 걱정이 꼬리를 물고 늘어져
자신의 틀 안에 갇혀 있는 마음을
숨 쉬게 하는 것이다

산책을 하면
소심했던 마음이 넓어지고
우울함이 사라져 밝아지고
나약했던 심신이 튼튼해진다

산책을 자주 하면
마음을 편안하게 가질 수 있는 여유가 생겨
끈질기게 달라붙는 욕심과 욕망에서 벗어나
안락하게 휴식을 취할 수 있다

산책은

자연을 관심 있게 바라보며

갇혀 있던 그물에서 벗어나 희망을 갖고

삶을 활기차고 명쾌하게 즐기는 시간이다

산책 3

자유와 평화를 주는
자연은 언제나 친절하다

나무들은
세찬 비바람과 눈보라 속에서도
사계절을 견디며 잘 자라난 모습을
언제나 아낌없이 다 보여준다

나무들은
계절과 날씨의 변화에 따라
자신의 모습을 바꾸어가며
새로운 경치를 만든다

산책을 하면
자연이 얼마나 조화롭게 어울리며
살아가는지 알 수 있다
나뭇가지에 새들도 날아와
노래를 부르고
풀잎에 벌레들이 찾아와 놀다 간다

산책을 하다가
새들의 노랫소리가
귓속을 파고들면 저절로
흥이 나 콧노래가 나온다

불어오는 바람을 기분 좋게 맞아들이면
만나는 꽃마다 웃음이 있고
만나는 나무마다 꿈이 가득하다

나무들은 언제나
우리를 반갑게 맞아준다

산책 4

산책을 할 때
혼자 걸을 때와
둘이 걸을 때와
여럿이 걸을 때
그때그때마다 느낌과 분위기가 다르다

혼자 걸으면
주위의 모든 사물이
눈앞에 가까이 다가온다

둘이 걸으면
지루함이 사라지고
발걸음이 한결 가벼워진다

여럿이 웃고 떠들며 걸어가면
아름다운 풍경보다
재미있고 즐거운 이야기 소리가
귓가에 가득해진다

산책 5

지나친 집착은 불행의 원인이다
목매도록 간절하고 절실한 것도 좋지만
초연한 마음을 가질 때
심장이 뛰고 가슴 벅찬 감동을 만들 수 있다

산책은 집착에서 벗어나
생각을 다시 하게 만든다
산책은 자연을 눈으로 읽고 마음에 담는 것이다
호기심 가득한 눈으로 바라보면
자연의 모든 윤곽이 또렷하게 보이기 시작한다

바람이 나무 꼭대기를 흔들고 있을 때
내 마음에도 바람이 불어와 흔들린다

강한 힘은
마음이 가득 차 있을 때보다
마음을 비울 때 그 힘을 더 크게 발휘한다

산책은 깊은 묵상 속에 마음을 비워주고
무엇이 옳고 그른지 알게 해준다

혼자 울고 싶다

삶이 너무나 힘들어
발 딛을 틈 하나 없고
고이는 눈물을 참을 수 없어
두 다리 쭉 뻗고 신세타령하듯
나 혼자 펑펑 울고 싶다

서로 다른 모습으로 살아가는데도
나만 못난 것 같고
나만 잘못 살고 있는 것 같아
앞날이 캄캄해 보이지 않으니
울음조차 참지 못하도록 서글프다

정든 것들마저 하나씩 멀어져 가고
불행의 거미줄이 더 조여 들어와
생각의 갈피를 잡을 수 없으니
홀로 외로워지는 날은 팍 엎드려져
나 혼자 펑펑 울고 싶다

떠나는 마음

이루어질 수 없는 사랑은
끝없는 미로와 같아
괴로워 몸서리치기보다는
방황을 끝내고 떠나야 한다

피멍과 딱지 든 마음에
아픔을 감당할 수 없다면
다 지워버리고 떠나야 한다

눈치 채지 못하면 죄냐고 말하지만
서로의 가슴을 아프게 한다면
움찔거릴 죄일 수밖에 없어
잘못 왔다면 되돌려 보내야 한다

서로가 마음 통하는 사이가 되어도
다른 이들의 가슴에 못을 박고
모든 것이 꾸민 거짓이라면
네 손 벗어나 마음 편히 살고 싶다

만나면 만날수록 겁 없이 달려들고 싶지만

불이 꺼지고 나면 더럽혀지고
새파랗게 질리도록 어둠뿐이기에
후회하기 전에 용서받을 수 있을 때
떠나야 한다

밤이 오면

밤이 오면
모든 것의 눈빛에 불안이 감돈다

현실에 맞부딪쳐 힘든 탓에
피로가 쌓여 한탄하며 술 마시던
사람들의 발걸음이 휘청거린다

복잡다단한 세상을 살면서
손에 잡히는 명쾌한 해답을 얻어내지 못한
사람들의 마음의 공간마저
어둠이 찾아드는 시간이다

어두운 밤에는
삶에 거품 많은 사람들이
더욱 외로움에 사로잡히고
마음 기댈 곳 없는 사람들이
더욱 위협을 받는다

삶에 흥미를 잃어버린 사람들이
어둠 속으로 숨어들어

유혹의 광풍 속으로 빨려 들어간다

내일을 예측할 수 없는 사람들이
현실을 잊기 위해
욕망의 피가 뜨겁게 끓도록 선동하고 있다

내 마음이 외롭고 침울해질 때

외로움이 목젖을 적셔
목 놓아 울고 싶고
서러움에 마음이 침울해질 때
내 마음을 부드럽게 만져줄 사람이 필요하다

우울함에서 떠나게 해주고
심술궂은 마음을 맑게 해줄 사람이 필요하다

들판에서 바람결에 억새풀이 흔들리듯이
내 마음이 마구 흔들려서
밤차라도 타고 어디론가 떠나고 싶을 때
내 마음을 안정시켜줄 사람이 필요하다

과거 속에 빠져 들어 허무한 생각에
아무것도 하기가 싫고
사람에 대한 미움과 배신감이 늘어날 때
지루함에서 벗어나게 해줄 사람이 필요하다

내 꿈이 낡아버린 것 같고
내 사랑이 녹슨 것만 같을 때

절망의 이끼가 잔득 끼어 있는 듯 여겨질 때
내 마음을 평안하게 해줄 사람이 필요하다

살아가노라면

하늘을 훨훨 날아가는 새들도
한없이 자유롭게 보이지만
다 살기 위한 몸부림이다

숲 속의 커다란 나무들도
가지를 힘 있게 뻗치고 있지만
다 살기 위한 몸부림이다

보기 좋게 가려진 곳도 자세히 들여다보면
속 태울 일도 많고 성한 곳 하나 없이
아플 만큼 아프게 살아간다

여유작작하게 보이는 사람들도
세상사에 가슴 졸여 지치고
서러움과 고달픔이 가득하다

온 세상 다 밝힐 듯이
환하게 웃고 있어도
피맺힌 아픔에 온몸이 찌들어 있다

살아가노라면
누구를 탓하고 원망해도
아무 소용이 없다

서로의 가슴을 쪼아대면 댈수록
상처 나고 아프기만 한 것을
마음의 틈새를 조금씩 열고 살아간다면
삶도 너그럽게 다가올 것이다

삶이 허무해질 때

날마다 분주한 일상에 시달리다 보면
갑자기 어느 한순간
가슴이 텅 비어버린 듯이
허무해질 때가 있다

걱정과 근심이 찾아와
머릿속을 얼마나 빠르게
근심으로 가득 채워버리는지
속이 타들어 간다

신나고 재미난 일이 생겨
웃으며 좋아하다가도
일이 꼬여 들기 시작하면
금방 풀이 죽어버린다

순간의 판단에 따라 쫓기듯 살아가면
돌출하는 작은 변화에도
마음이 텅텅 비어버려
괜스레 푸념만 늘어놓게 된다

가슴을 당당하게 펴고
두 주먹을 꽉 쥐고 힘 있게 살아가면
마음속에 공연히 찾아왔던 허무도
뒤돌아볼 겨를 없이 사라진다

세상에 자신을 던져라

온갖 먹구름이 다 사라지고
태양이 밝게 동터 오르면
삶을 화창하게 만들어라

오늘을 행복해하고
내일을 기대하며
모든 것을 사랑해라

살아 있는 것들은
끊임없이 자라나고 변화를 시도한다

멈춰 있지 말고
서성거리지 말고
온몸으로 뛰어들어라

세상에 자신을 던져라
힘 있게 외쳐라
세상아! 내가 있다!
마음껏 힘 있게 외쳐라!

밤은 불안하다

밤은 불안하다
어둠이 짙어질수록
욕망의 피가 죄를 선동한다

숨찬 세상살이에 늘 억울하게 살아와
한시도 편할 날이 없는 사람들이
허기를 달래기 위해
독한 술을 홀짝거리지만
명쾌한 해답을 얻어내지 못한다

삶에 거품이 많은 사람들이
흥미를 잃어버리고
모두 다 제 탓으로 돌리며
휘청거리는 발걸음으로
어둠 속으로 숨어든다

눈물짓게 만드는 오만가지 시름이 많아
마음에 주름만 잡히고
붙어 있는 목숨 끊기가 어려워
핏대를 곤두세우고 쓰러질듯 이어가는

모진 목숨이 서럽기만 하다

눈앞이 아득해지도록 절박함 속에
예측 불가능하고 복잡한 세상일수록
발길질당하고 손가락질당하고
찢기고 더렵혀져 짐짝처럼 취급당해
밟힐수록 살아갈 방법을 알아내지 못한다

말만 하는 자들아 떠나가라

시도 때도 없이 큰소리치는 자들아
입 꼭 다물고 가만 있어라
너희가 한 일이 무엇이냐

남들이 피 땀 눈물 흘려 일할 때
빤히 지켜만 보다가
잘못한 것만 들춰내 장난질하는
너희가 한 일이 무엇이냐

남들이 공들여 이루어놓은 일을
비난하고 비판하는
너희는 얼마나 잘났는가
너희는 무엇을 해놓았는가

온 세상을 잘 살펴봐라
사랑을 나누는 사람들은 모두가
성실하고 정직한 사람들
욕심 없이 자신의 일에
묵묵히 최선을 다하는 사람들이다

이 땅은 잡초처럼

묵묵히 제자리를 지키며

일하는 사람들이 행복을 누리며

살아가야 할 곳이다

말만 하는 자들아 떠나가라

빗방울의 법칙

비가 쏟아져 내린다
구름에서 떨어질 때는
숫자를 헤아릴 수 없는 물방울이다

빗방울이 손을 대는 순간부터
메마름에 갈증을 느끼던
모든 것이 생기가 돈다

빗방울은 어떤 악조건 속에서도
하나가 되기를 주저하지 않는다
빗방울은 합치고 뭉치고 흘러내려
고여 들기를 원한다
빗방울은 하나일 때는 아주 나약하지만
모이면 모일수록 엄청난 힘을 발휘한다

시냇물을 만들고
호수를 만들고
폭포를 만들고
강을 만들고
바다를 만들어놓는다

빗방울은 가장 작은 것들이 하나로 뭉치면

얼마나 놀라운 기적을 만들어내는가를 보여준다

끝이 있는 삶

뻔한 삶
끝이 있는 삶을 살아가면서도
모른 척하고 잊은 척하고
딴청 부리는 사람들이 너무나 많다

끝을 알면 용서하고 배려하고
사랑하며 살 텐데
튀어나온 두 눈을 부릅뜨고 이를 갈며
끝을 모른 척 욕심을 내고
심술을 내며 발목을 잡아당긴다

무심한 사람들
어리석은 사람들
불쌍한 사람들
끝이 분명하게 보이는데
비난하고, 속이고, 비웃으며
서로 다른 삶을 살아가는데
엇갈린 운명을 되씹어본들 무엇 하는가

시작이 있으면 끝이 있는 삶

모두 다 떠나갈 텐데
지워버리고 싶은 날이 많을 텐데
이해하며 사랑하며 용서하며 살아간다면
후회는 없을 텐데
어리석게 눈앞만 보며 살아간다